D1390101

Mini est la meilleure

et Autres Aventures

Christine Nöstlinger

Mini est la meilleure et Autres Aventures

Illustrations de Claire Le Grand

ÉDITIONS FRANCE LOISIRS

Mini est la meilleure a paru sous le titre original : *Mini ist die Grösste*.
© J & V. Edition Wien, Dachs-Verlag GMBH, 1993.

Mini et Max le chat a paru sous le titre original : *Mini und Mauz*.
© J & V. Edition Wien, Dachs-Verlag GMBH, 1992.

Mini détective a paru sous le titre original : *Mini erlebt einen Krimi*.
© J & V. Edition Wien, Dachs-Verlag GMBH, 1996.

Ces trois ouvrages sont traduits de l'allemand par Marie-Claude Auger.

Édition du Club France Loisirs,
avec l'autorisation des Éditions Hachette.
Éditions France Loisirs,
123, boulevard de Grenelle, Paris.
www.franceloisirs.com

ISBN : 2-7441-3122-9

Mini est la meilleure

Voici Hermine Dubois.

Si vous ne l'avez encore jamais rencontrée, il y a certaines choses que vous devez savoir :

1. Tout le monde l'appelle Mini.

2. Elle a six ans et est en CP.

3. Elle est très mince et très grande. Il paraît qu'il lui manque quatre kilos. Elle est pourtant très gourmande !

4. Elle a un frère, Félix, qui a huit ans, mais Mini est aussi grande que lui et ça l'énerve.

5. Mini a aussi un chat qui s'appelle Max.

6. Sa meilleure amie s'appelle Chloé. À l'école, elles sont assises l'une à côté de l'autre.

7. Et elle a aussi un papa, une maman et une mamie. Sa maman s'appelle Claire, son papa Pierre et sa mamie Suzanne (mais personne ne l'appelle Suzanne. Tout le monde

lui dit « mamie ». Même papa, bien que ce soit
sa mère !).

8. Dans l'ensemble, Mini est satisfaite de
son papa, de sa maman et de sa mamie.

D'ailleurs ils sont contents d'elle, eux aussi,
car Mini est une petite fille sympa.

9. Félix en revanche n'est pas toujours
sympa avec sa sœur, loin de là ! Mais quand

elle a des problèmes, il redevient toujours gentil et c'est à cela que Mini s'aperçoit qu'en fait, il l'aime plutôt bien.

Donc, en général, Mini n'a aucun problème !

Juste un petit souci, ces derniers temps : elle aimerait beaucoup savoir faire quelque chose « particulièrement bien » !

Comme certains enfants.

Par exemple :

Chloé chante merveilleusement. Tous les enfants de la classe admirent sa voix. Et quand

il y a une fête à l'école, on lui demande toujours de chanter une chanson. Toute seule !
Devant tout le monde ! Et la directrice est si
émue qu'elle en a les larmes aux yeux !

Romain dessine et peint comme un véritable artiste. Pas seulement des maisons, des
arbres, des fleurs et des voitures. Non ! Quand
il réalise des personnages, on reconnaît tout
de suite qui c'est. Et à la récré, quand il
dessine, tout le monde vient regarder ce qu'il
fait.

Marion danse drôlement bien. Elle prend des cours de danse depuis trois ans. Il lui arrive d'ailleurs de confondre les cours de gymnastique et les cours de danse et alors, elle se met à danser devant tout le monde. Sur la pointe des pieds ! Et tous les enfants l'applaudissent.

Julien et Loïc sont les champions de l'école de natation. Ils ont déjà remporté chacun deux médailles. Et une coupe !

Et pendant que les autres s'entraînent à la surface de l'eau, eux, ils plongent et nagent comme des dauphins.

Quant à Florence, c'est une virtuose au piano. Son professeur a dit qu'un jour, elle deviendrait une pianiste célèbre. Elle n'a même pas besoin de lire les notes : il suffit qu'elle entende une mélodie une fois et elle est capable de la jouer directement au piano.

Le problème de Mini est donc le suivant :

Elle chante assez bien et ne dessine pas mal non plus. Elle se débrouille à peu près pour danser et arrive à pianoter un air avec un doigt. Elle nage correctement, sur le ventre et sur le dos! Mais tout cela ne suffit pas pour qu'on la trouve « géniale ». Et Mini aimerait tant qu'on l'admire, ne serait-ce qu'un peu!

Alors, après l'école, elle s'allonge souvent sur son lit et rêve qu'il y a une chose qu'elle sait faire mieux que personne. Et tout le monde l'admire. Par exemple, elle s'imagine qu'elle est à la piscine et monte au plongeoir de trois mètres. Tous les enfants de sa classe sont dessous et lui crient :

« Arrête, Mini! Tu vas faire un plat! »

Mais Mini s'avance, imperturbable, jusqu'au bout du plongeoir, elle saute une ou deux fois sur place et s'élance dans le vide, droite comme un "I". Elle entre dans l'eau sans faire d'éclaboussures, remonte à la surface et fait

16

un signe de la main en direction des enfants qui applaudissent et s'écrient :

« Mini, tu es la meilleure ! »

Elle aime bien rêver aussi qu'elle est très douée pour la peinture.

La directrice de l'école vient la voir et lui dit :

« Tu as du talent, il faut l'exploiter ! Tu vas nous décorer les murs de l'école ! »

Et Mini dit : « D'accord ! » On fait venir des ouvriers qui installent un échafaudage devant l'école. Mini grimpe sur les planches et décore tout le mur de l'école. Jusque sous la gouttière.

Il lui arrive aussi de rêver qu'elle a une voix sublime. Mais elle ne se voit pas en train de chanter par exemple à une fête de l'école ! Pas du tout !

Elle passe à la télévision, dans une tenue de rêve : un pantalon moulant avec des paillettes, une veste en cuir. Elle porte autour du cou une dizaine de chaînes en argent qui pendent jusqu'à son nombril.

Et parmi le public, il y a papa, maman, mamie, Félix et tous les enfants de sa classe.

Et quand elle a fini sa chanson, ils se mettent tous à trépigner en en réclamant une autre !

Une autre ! Une autre !

Par contre, elle ne s'imagine jamais en danseuse d'opéra. L'année dernière, sa maman l'a inscrite à un cours de danse. Elle y est allée trois fois ! Pas une de plus !

À cause de Félix. Il venait en effet toujours la chercher à la fin du cours avec leur maman. Mais la troisième fois, ils sont arrivés en avance et ont regardé Mini et les autres filles danser. Et Félix n'arrêtait pas de ricaner. En se mettant la main devant la bouche, ce qui n'empêchait pas Mini de l'entendre rire.

Sur le chemin du retour, elle a demandé à Félix ce qui l'avait tant fait rire. Et Félix s'est remis à ricaner en expliquant :

« C'était si drôle de vous voir, toi la grande perche et les autres toutes rikiki à côté ! Cela faisait un effet ! On aurait dit une cigogne au milieu d'un ballet de canards sauvages. »

Alors maman a eu beau lui dire de ne pas écouter Félix, qu'il n'y connaissait rien, Mini n'a plus jamais voulu retourner à son cours de danse : Félix lui en avait coupé l'envie.

« Ce que tu dis, toi, ça ne compte pas, avait déclaré Mini à sa mère. Les mères ne remarquent jamais quand leurs enfants sont ridicules. Sur ce point, je fais plutôt confiance à Félix. »

C'est pour cela que Mini préfère rêver qu'elle est funambule et danse sur un fil, sous le chapiteau d'un cirque.

Elle se dit :

« Je suis si loin du public que personne ne remarque que je suis grande. »

Mais quand Mini rouvre les yeux, elle sait bien que ses rêves ne se réaliseront pas dans la vie. Et alors, elle est triste.

Parce qu'elle trouve injuste que certains enfants aient des talents particuliers et d'autres pas. Et surtout qu'elle soit du côté de ceux qui n'en ont pas !

Un jour, Mini en a parlé à sa maman qui s'est mise à rire et lui a dit :

« Mais, Mini, tu as plus de chance que les autres, tu sais faire un peu tout. Cela vaut mieux que de savoir très bien faire une chose et pas du tout les autres. »

Mais Mini ne fut pas satisfaite de cette réponse. Ce n'est pas parce qu'on est très doué pour une chose qu'on ne sait pas faire aussi très bien d'autres choses !

Chloé nage aussi bien qu'elle, par exemple.

Quant à Romain, il chante très bien et Julien dessine même mieux qu'elle. C'est ce que Mini a fait remarquer à sa mère mais celle-ci s'est remise à rire en disant :

« Tu es une petite fille tout ce qu'il y a de

normal, voilà tout, il va bien falloir que tu t'y résignes ! »

Et Mini avait failli s'y résigner effectivement. Mais un jour, alors qu'il faisait ses devoirs, Félix demanda à sa maman :

« Dis-moi très vite : combien font quinze fois quinze ? »

Et Mini répondit, comme une fusée :

« Deux cent vingt-cinq ! »

Sa mère en resta médusée et lui demanda :

« Comment le sais-tu ? »

Et Mini lui répondit :

« Félix te l'a déjà demandé hier et moi, j'ai la mémoire des chiffres ! »

Mini mit ses mains sur ses hanches et annonça :

« Je me souviens de toutes les opérations que maman a faites pour toi hier. »

Et elle se mit à réciter en chantonnant :

« 12 fois 12, 144.
11 fois 11, 121.
3 fois 17, 51.
90 fois 90, 8100
et 24 fois 13, 312. »

Ce fut au tour de Félix d'être stupéfait, ce qui ne lui arrivait pas souvent! Il regardait sa sœur, bouche bée. Enfin, il dit :

« Tu es vraiment douée pour les chiffres! »

Mini rougit de plaisir. Elle se dit : « Eh bien, voilà! Je ne suis pas une petite fille tout ce qu'il y a de normal! Je suis particulièrement douée pour une chose! »

Et elle passa les trois jours suivants à apprendre des nombres par cœur! Elle continua même le soir dans son lit. Elle s'attaqua

au livre d'arithmétique de son frère et dans
l'agenda de son père, elle trouva plusieurs
pages pleines de chiffres. Elle en apprit à peu
près la moitié par cœur ! Puis elle feuilleta un
lexique dans lequel elle trouva encore matière
à apprendre.

Maman, papa et Félix avaient remarqué que
Mini n'arrêtait pas de marmonner des chiffres.

« Pourquoi fais-tu cela ? demandèrent-ils.

— Comme ça ! Pour m'amuser ! » répondit
Mini de crainte qu'ils ne se moquent d'elle. Ce

qu'ils n'auraient pas manqué de faire s'ils avaient su la vraie raison de ces marmonnements incessants !

Le lendemain matin, Mini sortit de chez elle, toute fière. Même Félix avait remarqué qu'elle n'était pas comme d'habitude. Il la rattrapa et lui demanda :

« Qu'est-ce que tu as ? Tu en fais une drôle de tête !

— Je n'ai rien, répondit Mini.

— Si! Tu as quelque chose! insista Félix. On dirait que tu te prends pour la reine d'Angleterre!

— Et alors, répondit Mini d'un air hautain, cela te regarde?

— Espèce de frimeuse! »

Il s'arrêta et attendit que Mini ait atteint le coin de la rue. Puis il se remit en route en veillant bien à conserver la même distance entre elle et lui.

« Tu peux continuer toute seule, patate! » s'écria-t-il.

Près de la boulangerie, dans la grande rue, Mini attendit Chloé, comme tous les matins.

« Salut, Mini! lança Chloé en arrivant.

— Salut », répondit Mini.

Chloé lui montra alors son pantalon :

« Qu'est-ce que tu penses de ça? Dans le genre démodé, on ne fait pas mieux, tu ne trouves pas? J'en ai assez de toujours hériter des vêtements de ma grande sœur! Encore une chance qu'on ne m'oblige pas à porter son vieil appareil dentaire! »

Mini attira son attention sur une vitrine dans laquelle il y avait tout un tas de poêles et une pancarte avec cette inscription :

SUPER SOLDES! TOUT À 65 FRANCS!

Mini annonça à Chloé :

« Si tu achètes 450 poêles à 65 francs, cela fait 29 250 francs !

— Ils n'ont sûrement pas autant de poêles en réserve ! » rétorqua Chloé.

Et elle recommença à gémir sur son pantalon démodé. Elle en avait vraiment ras-le-bol !

Et Mini fut un peu déçue !

Devant la porte de l'école, Loïc leur fit signe de se presser.

« Dépêchez-vous, leur cria-t-il, ça sonne ! »

Mini sourit et déclara :

« Une heure a 60 minutes de chacune 60 secondes. Cela fait en tout 3 600 secondes. Qu'est-ce que tu veux que ça me fasse si j'en manque quelques-unes ?

— Depuis quand ça t'est égal d'arriver en retard ? » demandèrent Chloé et Loïc, l'air étonné.

Par contre, qu'elle sache combien font 60 fois 60 ne semblait pas les surprendre particulièrement !

Mini fut encore plus déçue. Mais elle songea pour se consoler :

« Dans ma classe il y a vingt-six enfants. Que m'importe qu'il y en ait deux qui n'admirent pas mon talent. Il en reste toujours vingt-quatre ! »

Deux de ces vingt-quatre enfants, Florence et Marion, montaient l'escalier juste devant elle. Mini les rattrapa et leur lança :

« Il y a 24 marches par étage et 4 étages de la cave au grenier. Cela fait donc 96 marches !

— Facile à dire ! dit Marion en riant. Tu crois que je vais aller vérifier ??? »

Dans le couloir qui mène à la classe, Mini croisa Julien. Il portait dans les bras le pot de fleurs qui se trouve d'habitude sur la table de la maîtresse. Les fleurs de la plante pendaient lamentablement et il y avait sur les feuilles de grosses taches brunes.

Julien dit :

« Je le descends chez le concierge. Il s'y connaît en jardinage. La maîtresse a dit qu'on avait trop arrosé la racine. »

Mini se racla la gorge, puis elle dit d'une traite :

« La racine de 81 est 9 ! Et la racine de 121 est 11 ! »

Julien et Loïc la regardèrent avec des yeux ronds. Marion secoua la tête. Florence leva les yeux au ciel et pointa l'index sur son front.

Chloé tira Mini par la manche et l'entraîna dans la classe en disant :

« Dis-moi, ça va pas ? Qu'est-ce que tu nous racontes depuis ce matin ?

— Ça va très bien ! les chiffres ont des racines, figure-toi ! Et je les connais par cœur jusqu'à 121 ! »

Et Mini ajouta qu'elle avait aussi appris par cœur au moins cinquante multiplications très longues ! Ainsi que le nombre d'habitants d'une centaine de villes !

« Et c'est quoi la racine d'un chiffre ? demanda Chloé.

— C'est un signe qui ressemble à un V comme Victor, avec un trait ! »

Chloé soupira, s'assit à sa place en jetant un regard inquiet en direction de son amie.

Ce qui n'échappa pas à Mini qui n'avait pas envie qu'on la croie folle. Surtout sa meilleure amie ! Elle trouvait ça un peu fort quand

même que Chloé ne comprenne pas ce qu'il
y avait là d'extraordinaire !

Mini vida bruyamment le contenu de son
cartable sur la table, les cahiers, les livres et sa
trousse, et lança, vexée :

« Toi tu es douée pour le chant, et moi pour
les chiffres, voilà tout !

— Et alors ? » demanda Chloé.

Elle attendait une réponse qui ne vint pas.

Mini sortit de sa trousse son taille-crayon et
ses crayons de couleur et commença en à
tailler un.

Mais Chloé reprit :

« Ce n'est pas une raison pour réciter des chiffres sans arrêt! Et des racines avec ça! D'ailleurs, tu ne sais même pas d'où elles viennent! »

Et elle ajouta :

« De toute façon, qui est-ce que ça intéresse, les chiffres? »

Mini fut bien obligée d'admettre qu'il existe des talents que les enfants n'apprécient pas.

Elle était vexée d'avoir perdu trois jours à apprendre par cœur des chiffres qui n'intéressaient personne. Aussi décida-t-elle de ne pas exploiter ses dons pour le calcul.

« Je préfère encore m'imaginer des choses pour moi toute seule », se disait-elle.

Et comme elle en avait un peu assez de ces vieux rêves, elle en inventa de nouveaux.

Chaque fois qu'elle rentrait de l'école, elle passait un moment sur son lit et s'imaginait qu'elle était une actrice de talent dans un théâtre pour enfants !

Dans ses pièces, elle jouait toujours le rôle principal. À l'entrée du théâtre, il y avait une immense affiche qui la représentait et autour des centaines de petites lampes qu'on allu-

mait le soir. Ainsi, les gens pouvaient admirer Mini sur l'affiche, jour et nuit.

Mini s'imaginait dans de nombreux rôles.

Un jour elle était Blanche-Neige. Elle portait une perruque de cheveux noirs comme jais. Avec des boucles jusqu'aux fesses. Elle avait les lèvres rouge carmin et sur ses taches de rousseur, elle avait mis une épaisse couche de poudre blanche. Pour avoir le visage blanc comme neige !

Une autre fois, elle était une petite fée de la forêt. Elle avait inventé elle-même la pièce. Et comme les autres acteurs devaient être beaucoup plus grands que la petite fée, le directeur du théâtre avait cherché dans tout le pays des gens de plus de deux mètres. Ils jouaient le rôle des adultes et les adultes qui avaient une taille normale jouaient ainsi le rôle des enfants.

Mini était une si bonne actrice qu'elle pouvait aussi interpréter à la perfection des rôles de garçon.

« Le Prince au cœur d'acier », par exemple !

Le soir de la première représentation, les spectateurs étaient si enthousiastes qu'ils avaient lancé de gros bouquets de fleurs sur la scène.

Mais son rôle préféré, c'était Robin des bois !
Celui qui vit dans les forêts et prend l'argent
des riches pour le donner aux pauvres.

Et quand la pièce était finie, Mini sautait
toujours au milieu du public et distribuait à
tous les enfants des bonbons et autres frian-
dises.

Évidemment Mini ne racontait à personne
ses rêves palpitants.

Un beau jour, Mme Parel, la maîtresse
d'école, annonça à ses élèves :

« Écoutez-moi, mes enfants. Je pense qu'il faudrait que nous ayons dans la classe un petit coin confortable, avec des coussins, des peluches et des livres, bref, un petit coin douillet pour se reposer ! Qu'en dites-vous ? »

Les enfants trouvèrent cette idée géniale.

« Mais pour cela, il faut de l'argent, ajouta Mme Parel. Et ce n'est pas l'école qui va pouvoir nous le donner, hélas ! »

Julien proposa :

« Nous pourrions économiser sur notre argent de poche ! »

Florence fit remarquer :

« Cela durera bien trop longtemps ! »

Et Chloé ajouta :

« Moi, je n'ai pas d'argent de poche

— J'ai une solution, dit Mme Parel. Nous allons étudier une pièce de théâtre et la jouer devant vos parents, vos grands-parents, vos oncles et tantes ! Et nous leur ferons payer l'entrée ! »

Les enfants trouvèrent cette idée « supergéniale ». Et tous commencèrent à réfléchir sur la pièce qu'ils allaient jouer.

« Une histoire de fantômes ! Quelque chose avec des vampires ! Un policier ! Avec des extraterrestres ! »

Mais la plupart des enfants avaient envie d'une pièce avec des animaux. Et Mme Parel déclara :

« Ç'est la majorité qui l'emporte ! »

Les enfants réfléchirent ensuite à ce qui allait se passer dans la pièce. Il y eut d'abord quelques disputes mais à la fin de la semaine, tout le monde s'était mis d'accord. La pièce racontait l'histoire suivante :

Les animaux sont malheureux parce que les hommes détruisent la nature.

« Nous ne pouvons plus vivre comme ça », se disent-ils. Alors, le lièvre réunit tous les animaux et leur demande de prévenir les humains que cela ne peut plus continuer ainsi. Tous se mettent en route pour la ville, le lièvre en tête du cortège.

À la périphérie de la ville, au bord d'un lac, ils rencontrent des enfants, venus là pour se baigner. Mais sur les bords du lac, les pauvres se heurtent à une pancarte :

EAU POLLUÉE ! BAIGNADE INTERDITE !

Alors, le lièvre explique aux enfants pourquoi les animaux ont décidé de se rendre en ville. Et les enfants racontent au lièvre qu'ils ont les mêmes soucis qu'eux mais que les adultes ne sont pas près de changer. Ils parlent toujours beaucoup mais ne font rien.

Alors, ensemble, les animaux et les enfants ont une idée : les enfants vont rentrer en ville et dire à tous les autres enfants qu'ils rencontreront :

« Rendez-vous ce soir, au bord du lac ! Prenez des vêtements chauds. Nous allons aller vivre dans la forêt, avec les animaux ! Et

nous ne reviendrons que lorsque les adultes auront juré de ne plus abîmer la nature ! »

Tous les enfants de la ville suivent le mot d'ordre.

À sept heures, ils se retrouvent au bord du lac et disparaissent dans la forêt avec les animaux. Seul un enfant est resté en ville. Il raconte aux parents désespérés ce qui s'est passé. Et comme les parents n'ont d'autre souhait que de revoir au plus vite leurs enfants, ils s'en vont en délégation trouver le maire de la ville et exigent de lui qu'il instaure des lois meilleures. Tout ce qui est mauvais pour la nature doit désormais être interdit ! Le maire accepte et les enfants rentrent chez eux. La pièce finit par une grande fête où tout le monde danse ensemble : les enfants, les parents, les animaux et le maire de la ville !

Pendant le week-end, Mme Parel tapa sur sa machine à écrire la pièce de théâtre que ses élèves avaient ainsi imaginée. Elle prit soin de prévoir autant de rôles qu'il y avait d'enfants dans la classe.

Et le lundi matin, elle lut la pièce aux enfants qui la trouvèrent très bien. Il fallait maintenant distribuer les rôles ! Le rôle principal était bien sûr celui du lièvre. C'est lui qui

parlait et agissait le plus. Du début jusqu'à la fin !

« Qui aimerait jouer le lièvre? » demanda Mme Parel. Beaucoup d'enfants levèrent le doigt. Mini aussi, mais timidement. Et personne ne le remarqua dans la classe.

Pas même Mme Parel !

« Celui ou celle qui va jouer le lièvre aura un long texte à apprendre par cœur, et devra aussi savoir chanter. Car dans la pièce, le lièvre chante une chanson ! » dit Mme Parel.

À ces mots, beaucoup de doigts se baissèrent. Seuls Romain, Florence et Chloé voulaient encore jouer le rôle.

Mini baissa le bras, elle aussi. Elle pensait : « De toute manière, je ne chante pas aussi bien que Chloé ! La maîtresse laisse toujours la majorité décider quand nous ne sommes pas tous d'accord. Et la majorité ne me donnera sûrement pas le rôle du lièvre ! »

Et, en effet, la maîtresse laissa les enfants choisir et ils décidèrent que ce serait Chloé qui jouerait le lièvre !

Puis on distribua les autres rôles. Mini n'en réclama aucun. Mais comme Mme Parel avait prévu un rôle pour chaque enfant, à la fin, il en resta un que Mini dut accepter. C'était celui d'un ver de terre qui n'avait qu'une phrase à prononcer, pendant la conférence des animaux :

Je ne supporte plus
tous ces engrais,
qui trois fois par jour
me soulèvent le cœur
et m'abîment l'estomac.

Mini fit semblant d'être satisfaite de son rôle. Pas seulement à l'école ! À la maison aussi !

Sa maman lui demanda :

« Pourquoi as-tu choisi un rôle si court ? »

Et Mini répondit :

« Moi, le théâtre je trouve ça bête ! je n'ai pas besoin de ça ! »

Mais l'après-midi, sur son lit, Mini rêva que c'était elle qui avait obtenu le rôle du lièvre !

Elle en rêvait tous les jours après l'école. Et comme elle n'avait pas seulement la mémoire des chiffres, mais aussi celle des mots, elle ne tarda pas à savoir le rôle du lièvre par cœur.

En fait, elle l'avait appris sans même s'en apercevoir. Pendant les répétitions en effet, comme Chloé avait beaucoup de mal à retenir son texte, elle devait le redire plusieurs fois. Et Mini, qui attendait patiemment son tour, avait tout le loisir d'écouter Chloé. Ainsi, à force de l'entendre, elle sut bientôt le rôle du lièvre par cœur.

Une fois rentrée chez elle, elle s'allongeait sur son lit, fermait les yeux et jouait à voix basse le rôle du lièvre.

Du début jusqu'à la fin !

« Animaux, écoutez-moi !
Nous ne supporterons plus
longtemps cette situation.
Les hommes doivent écouter
nos revendications !

Les hommes refusant
d'entendre raison,
nous sommes passés à l'action.

... Si c'est pour eux le seul moyen
de revoir leurs enfants chéris,
nous pouvons espérer enfin
qu'ils retrouveront leurs esprits !

Le monde redeviendra meilleur
et sur la planète,
ce sera le bonheur ! »

Et quand elle était bien sûre que Félix, papa et maman ne pouvaient pas l'entendre, elle se mettait à chanter tout doucement la chanson du lièvre :

« SOS à tous les pays du monde !
Aussi sûr que la terre est ronde,
Les choses vont trop mal,
foi d'animal !
Il faut défendre nos droits
et exiger de nouvelles lois.
C'est pourquoi tous
je vous appelle,
Souris, cigognes et hirondelles,
chevreuils, tortues et coccinelles,
cerfs, crocodiles, veaux et hiboux,
ours, girafes, vaches et loups,
Sur la prairie, rejoignez-nous !

SOS à tous les pays du monde,
Aussi vrai que terre est ronde
il faut protéger la planète,
et que la vie redevienne une fête! »

La veille des vacances de Pâques, parents, grands-parents, oncles et tantes furent conviés à assister au spectacle. Cent cinquante billets avaient été vendus. Le concierge de l'école passa sa matinée à transporter des chaises

dans le préau. En passant près des enfants, il leur lança en s'épongeant le front :

« C'est bien parce que c'est vous, les enfants ! »

La représentation était prévue pour dix-sept heures.

Papas, mamans, papis et mamies, oncles et tantes, tout le monde était déjà installé à sa place. Les enfants étaient tous en costumes dans le vestiaire, sauf Chloé, qui n'était pas encore arrivée.

« Mais où peut-elle bien être ? » demandait Mme Parel toutes les cinq secondes.

Soudain, la directrice de l'école fit irruption dans le vestiaire.

« Les enfants, c'est une catastrophe ! La mère de Chloé vient de téléphoner. En faisant du roller avec sa sœur, Chloé est tombée et

s'est tordu la cheville. On l'a emmenée à l'hôpital pour passer une radio.

— Qu'allons-nous faire maintenant?
s'écrièrent les enfants. Sans le lièvre, nous ne
pouvons pas jouer la pièce!

— C'est vrai, c'est impossible, ajouta
Mme Parel tristement. Nous allons devoir
annuler la représentation et rembourser les
billets! »

Les enfants étaient terriblement déçus.
Certains avaient même les larmes aux yeux.
Alors Mini tira Mme Parel par le bras et dit :

« Si vous voulez, moi je connais le rôle du
lièvre par cœur!

— Vraiment? » s'écrièrent en même temps
Mme Parel et la directrice

Mini secoua la tête et Mme Parel alla chercher le costume de Chloé. En un éclair, Mini se
transforma en lièvre.

Avec une petite queue et de grandes
oreilles!

Puis la directrice poussa Mini dans le préau
et elle se retrouva devant les papas, mamans,
papis, mamies, oncles et tantes.

Mini avait les jambes qui tremblaient un
peu, mais elle entendit la voix de sa maîtresse
qui lui disait :

« Allez, Mini, vas-y! Tu y arriveras, j'en suis sûre! »

Et elle se sentit déjà un peu mieux.

Elle s'inclina devant le public, se racla la gorge et commença :

> « *Très cher public,*
> *Il faut bien le dire tout de go*
> *cette fois vraiment, c'en est trop.*
> *Même moi le lièvre j'en ai assez*
> *de voir que les hommes ont pollué,*

l'air et la terre,
les mers et les rivières. »

Le lion s'avança
et déclara à son tour :

« Hélas, il dit vrai !
Et d'année en année,
tout va de mal en pis !
Songez-y, les amis ! »

Comme elle n'était plus seule sur la scène, Mini reprit de l'assurance et les phrases sortirent de sa bouche avec une facilité qu'elle n'aurait jamais soupçonnée. Elle n'oublia pas un mot, ne bafouilla pas une seule fois. Bref, elle joua le rôle du lièvre si bien que tous les spectateurs se mirent même à applaudir au beau milieu de la pièce.

Et à la fin, ce fut une véritable ovation, qui dura pendant au moins cinq minutes !

Pas seulement à cause de Mini, bien sûr, mais quand même, elle avait peut-être été un

peu meilleure que les autres ! Et sans avoir jamais répété le rôle ! Tous les enfants se précipitèrent pour la féliciter :

« Tu nous as sauvés ! Sans toi, c'était fichu ! »

Aucun enfant de la classe n'avait sûrement jamais été autant admiré qu'elle le fut ce jour-là !

« Super ! Génial ! Bravo ! Formidable ! Tu es un vrai génie », etc.

Et Félix fit le tour du préau en disant :
« Le lièvre, c'était MA SŒUR ! »
Papa et maman dirent alors à mamie :
« Tu as une petite-fille très douée !
— Elle tient de moi ! » répondit mamie.
Et Mini pensait :
« Maintenant, tout le monde sait enfin que je suis capable de faire quelque chose ! »
À partir de ce jour-là, Mini cessa de rêver l'après-midi. On l'avait enfin admirée, réellement. Elle n'en demandait pas plus !

Mini et Max le chat

Voici Hermine Dubois, que tout le monde appelle Mini.

Elle a six ans et est en CP.

Mini a un frère, Félix. Lui, par contre, on l'appelle par son prénom, tout simplement.

Félix a huit ans mais il n'est pas plus grand que sa sœur. Ce n'est pas qu'il soit petit pour son âge, non, c'est Mini qui est immense pour ses six ans.

La maman s'appelle Claire et le papa Pierre. Lui, il est employé de banque et elle, elle travaille à mi-temps dans une agence de voyages. Mini a aussi une grand-mère, Suzanne, qui est à la retraite depuis deux ans.

Mini est assez contente de ses parents mais Félix, en revanche, trouve toujours quelque chose à redire à leur sujet. Par exemple :

« Papa ne me donne pas assez d'argent de poche ! Il ne joue jamais avec moi ! »

Ou encore :

« Maman me gronde tout le temps ! Je n'ai jamais le droit de rien faire ! »

Quand il dit ce genre de choses, Mini lui fait remarquer :

« Moi, je trouve qu'on a de la chance d'avoir des parents comme ça ! Ils sont super ! »

Sur un point toutefois, elle lui donne raison :

Les parents refusent d'avoir un animal dans l'appartement, et ça, ce n'est pas sympa du tout de leur part !

« Pas de chien, pas de chat, pas de cochon d'Inde, pas de lapin nain, pas de canari, pas de hamster, pas même un poisson rouge. »

Mini adore les chats. Chaque fois qu'on lui demande ce qu'elle aimerait avoir comme cadeau, elle répond :

« Je voudrais un chat ! »

Mais papa et maman ne se laissent pas faire.

« Les chats ne sont pas faits pour vivre en appartement. Les chats sentent mauvais et perdent leurs poils. »

Parfois, papa ajoute, en plaisantant :

« Si jamais je gagne au loto, nous achète-rons une maison avec un jardin et tu auras ton chat ! »

Mais cela n'est pas une consolation parce que papa ne joue jamais au loto.

Mini se dit : « Non seulement il ne me permet pas d'avoir un chat mais en plus, il se moque de moi ! »

Et elle ne comprend pas pourquoi il faut

absolument habiter dans une maison avec jardin pour avoir un chat.

Pour un âne, d'accord, il faut avoir un jardin, pour un chevreuil aussi, ou pour un cheval !

Mais pour un chat ?!

Mini a la preuve qu'on n'a pas besoin d'avoir un jardin pour avoir un chat. Dans sa classe, il y a beaucoup d'enfants qui ont un chat et pas de jardin.

Chloé, par exemple, l'amie de Mini : chez elle, il y a deux chats, un chien et un perroquet ! Et son appartement est bien plus petit que celui de Mini !

Régulièrement, Mini explique à ses parents que l'on peut très bien vivre en appartement avec un chat.

Mais ses parents ne veulent rien entendre. Même Félix est de leur avis :

« Moi, j'ai une mouche dans ma chambre. Comme animal domestique, ça me suffit. »

Dans la famille, il n'y a que la grand-mère qui aime les chats. Mini trouve ça chouette

de sa part. D'ailleurs, c'est bien tout ce qu'il y a de chouette chez sa grand-mère qui est par ailleurs une personne difficile. C'est du moins ce que dit papa.

Mamie ne supporte pas le moindre désordre. Elle n'a pas vraiment le sens de l'humour et est extrêmement susceptible.

Comme elle boudait souvent, le grand-père de Mini — qui est mort, hélas! — lui disait :

« Tu es ma boudeuse préférée! »

Mamie acceptait cela de la part du grand-père mais quand, un jour, Félix l'a traitée de « boudeuse », elle a été si vexée qu'elle s'est mise à sangloter. Elle a ensuite exigé que Félix lui fasse des excuses.

Elle aurait voulu qu'il lui dise :

« Chère mamie, je te demande pardon, je ne dirai plus jamais une chose pareille! »

Voilà comment mamie concevait la politesse. Mais Félix a refusé et s'est écrié :

« Je ne pourrai jamais dire une phrase aussi bête! »

Et cette fois, mamie a été tellement contrariée qu'elle est rentrée chez elle en disant :

« Vous ne me reverrez jamais! »

Et effectivement, elle est restée trois semaines sans venir à la maison alors que d'habitude, elle y passe tous les jours car elle habite à deux pas !

Alors Félix a écrit sur une carte postale la phrase qu'il trouvait si bête et l'a envoyée à sa grand-mère.

« Chère mamie,

je te demande pardon, je ne dirai plus jamais une chose pareille ! »

Et il a ajouté :

« Une phrase aussi bête, c'est plus facile de l'écrire que de la dire ! »

Mamie a été très touchée de sa carte et s'est empressée de revenir à la maison. En sanglotant !

Mamie ne sanglote pas seulement quand elle est vexée. Elle sanglote aussi quand elle est émue !

Quand Mini rentre de l'école, elle fait toujours un détour par la rue des Artistes. À cause d'un chat !

Au numéro neuf de cette rue, en effet, il y a un chat qui habite avec une vieille dame : Mme Fromentin. À quatre heures et demie, le chat et la dame sont toujours à la fenêtre.

Mini s'est liée d'amitié avec le chat. Elle n'oublie jamais de lui déposer quelque chose

à grignoter en rentrant de l'école. Sinon, le chat serait déçu! Il compte bien sur Mini pour lui apporter à goûter. C'est du moins ce que prétend la vieille dame.

Quand il fait froid, la fenêtre est fermée. Mini frappe à la vitre et la vieille dame vient ouvrir.

Le chat s'appelle Max. Dès qu'on le caresse, il se met à ronronner.

Parfois, quand Mini repart, il saute par la fenêtre et la suit jusqu'au coin de la rue, pas plus loin, car il risquerait de se faire écraser.

C'est pourquoi Mini lui dit toujours, en arrivant au coin de la rue :

« Allez, Max, rentre vite chez toi ! »

Et le chat obéit. Mais Mini ne repart pas avant de l'avoir vu grimper sur le rebord de la fenêtre.

Un jour où, pourtant, il ne faisait pas froid, Mini trouva la fenêtre fermée. Le chat était derrière la vitre, miaulait et grattait avec sa patte. Mini frappa au carreau mais la vieille dame ne vint pas ouvrir.

Mini posa son cartable par terre, s'assit dessus et attendit en pensant :

« Elle est peut-être partie faire des courses ? »

Elle resta ainsi un long moment assise sur son cartable. Elle regardait dans une direction puis dans l'autre, mais la vieille dame n'arrivait pas. Soudain, une voiture s'arrêta devant la maison, en double file car il n'y avait pas de place pour stationner. Une jeune femme en descendit et courut jusqu'à la porte. Elle portait dans les mains une boîte isotherme.

Mini la reconnut tout de suite. Elle s'appelait Rosie et travaillait pour l'association *Service à domicile*. Dans les boîtes isothermes, il y avait des repas pour les gens âgés qui ne pouvaient plus se préparer eux-mêmes la cuisine.

Dans l'immeuble de Mini vivaient aussi deux personnes âgées à qui Mlle Rosie apportait tous les jours leur repas.

Mini sauta sur ses pieds, prit son cartable et la suivit en se disant :

« Pourvu qu'elle n'aille pas chez ma vieille dame ! »

Mais, hélas ! c'est bien devant la porte de son appartement qu'elle s'arrêta.

Mini lui demanda :

« Puis-je entrer ? Je suis amie avec le chat !

— Volontiers, répondit la jeune femme, tu pourras lui donner à manger à ma place, je suis déjà en retard ! »

Elles entrèrent dans le couloir et aussitôt, le chat bondit hors de la chambre et courut vers Mini en gémissant. Mlle Rosie déposa le repas

dans la chambre et ressortit aussitôt. Mini prit le chat dans ses bras et entra dans la chambre de la vieille dame. Celle-ci était allongée dans un grand lit. Mini s'assit au bord du lit et lui demanda :

« Puis-je faire quelque chose pour vous aider ?

— Peut-être un petit peu de rangement ? » répondit la vieille dame.

En effet, un grand désordre régnait dans la chambre, et dans la cuisine, ce n'était guère mieux.

« Tu pourrais aussi aller acheter un peu de viande fraîche pour le chat? Celle qui reste ne doit plus être bonne et Max est difficile, tu sais! »

Mme Fromentin prit un porte-monnaie et une clé de l'appartement dans le tiroir de sa table de nuit et les tendit à Mini en disant :

« Il y a un boucher juste au coin.

— Vous n'avez besoin de rien d'autre?

— Tu peux peut-être débarrasser le repas. Je n'ai vraiment pas faim », lui répondit Mme Fromentin.

Mini débarrassa l'assiette et sortit en disant :

« Je reviens dans cinq minutes. »

« Je voudrais du foie, s'il vous plaît, dit-elle au boucher.

— De porc ou de veau? lui demanda-t-il.

— C'est pour un chat, précisa Mini.

— Alors du bœuf fera l'affaire », décida le boucher.

Et il coupa une grosse tranche de foie. Mini paya et sortit en courant. Avant de rentrer, elle s'arrêta devant un kiosque et acheta une rose. Avec son argent à elle!

Mme Fromentin fut très touchée de ce geste. Max, quant à lui, était ravi d'avoir de la viande

fraîche. Puis Mini se mit à faire le ménage, avec Max dans les jambes, bien sûr, car il ne la quittait pas.

Elle nettoya la litière du chat, vida la poubelle, lava les tasses et les assiettes. Elle prépara même un thé pour Mme Fromentin.

Pour finir, elle secoua toutes les miettes du lit.

Cela faisait déjà une heure qu'elle était chez Mme Fromentin lorsque, soudain, elle pensa à sa mère qui l'attendait à la maison. Elle devait se faire du souci!

Mini mit la clé de la vieille dame dans sa poche et partit en courant.

Lorsqu'elle arriva chez elle, hors d'haleine, sa mère s'écria, furieuse :

« J'étais morte d'inquiétude ! »

Mais Mini lui raconta ce qui s'était passé et elle se calma.

Elle ne voyait pas d'inconvénients à ce que Mini continue à s'occuper de la vieille dame et de son chat. Elle lui proposa même de l'aider si elle ni arrivait pas à tout faire toute seule. Mais Mini la rassura :

« Je vais me débrouiller, je ne suis plus un bébé. »

À partir de ce jour, tous les jours après l'école, Mini passait voir Mme Fromentin et son ami le chat. Elle lui achetait son journal, lui préparait un thé avec des petits gâteaux et déposait le tout sur sa table de nuit. Elle secouait les oreillers, caressait le chat, aérait la pièce, changeait la litière de Max et balayait le sol.

Mais, malgré tous ses efforts, elle n'arrivait pas à faire manger la vieille dame. Parfois, quand Mini était là, le docteur passait en coup de vent faire une piqûre à Mme Fromentin. Il disait à chaque fois :

« Cela ne peut plus continuer comme ça ! Il faut que vous alliez à l'hôpital ! »

Et invariablement, la vieille dame répondait :

« C'est impossible, docteur, que deviendrait mon chat ? »

Et le docteur disait :

« Il faudra le mettre à la SPA.

— Mais il mourra de chagrin, répondait la vieille dame.

« — Vous n'êtes vraiment pas raisonnable, madame Fromentin », concluait alors le docteur.

Quel idiot ! pensait Mini qui trouvait que la vieille dame avait bien raison.

Un jour, en arrivant chez Mme Fromentin, Mini trouva Mlle Rosie assise au bord du lit. Elle passait un gant de toilette humide sur le front de la vieille dame.

Max était assis au pied du lit et gémissait. Mme Fromentin était très pâle et avait les yeux fermés.

« Elle dort ? demanda Mini doucement.

— J'ai appelé le Samu, répondit la jeune femme. Elle a eu une attaque, elle ne peut plus parler. Il faut la transporter d'urgence à l'hôpital ! »

Au même moment, Mini entendit le son strident de la sirène de l'ambulance et quelques secondes après deux hommes firent irruption dans l'appartement.

Le chat bondit et disparut sous l'armoire. Les deux infirmiers s'approchèrent du lit avec une civière.

Alors Mme Fromentin ouvrit les yeux et regarda Mini d'un air implorant. Mini comprit qu'elle voulait lui demander de s'occuper de Max pendant son absence. Elle secoua la tête et lui dit à voix basse :

« C'est juré ! »

Les deux hommes soulevèrent Mme Fromentin, l'installèrent sur la civière et disparurent avec elle.

« Il faut que tu rentres maintenant, conseilla Mlle Rosie à Mini. Tu ne peux pas rester ici toute seule. »

Elle prit Mini par l'épaule et l'entraîna hors de la chambre.

« Mais le chat ! balbutia Mini.

— Ne t'inquiète pas, la SPA. va venir le chercher. Je vais les prévenir.

— Non! Je vous en prie. Je vais m'en occuper jusqu'à ce que Mme Fromentin rentre chez elle. Et je peux aussi passer un moment avec lui après l'école pour qu'il ne s'ennuie pas. »

Mlle Rosie secoua la tête en soupirant :

« Elle n'est pas près de rentrer chez elle! »

Puis elle poussa Mini hors de l'appartement et ferma la porte à clé.

« Mme Fromentin a quatre-vingt-cinq ans, dit-elle. Quand elle sortira de l'hôpital, elle ira sûrement dans une maison de retraite où l'on n'accepte pas les chats. »

Et elle courut vers sa voiture. Elle était pressée car elle avait encore beaucoup de repas à déposer. Mini resta sans bouger devant la porte jusqu'à ce que la voiture ait tourné au coin de la rue puis elle rentra à nouveau dans

la maison. Elle sortit de sa poche la clé que Mme Fromentin lui avait donnée et ouvrit la porte de l'appartement.

Elle alla dans la cuisine, ouvrit en grand la fenêtre et prit le panier qui se trouvait sur la table. Puis elle alla chercher le chat qui s'était caché sous l'armoire de la chambre, le mit dans le panier et sortit de l'appartement en claquant la porte derrière elle. Elle marchait en serrant le panier contre elle. Elle pensait :

« La SPA. croira qu'il s'est échappé par la fenêtre. »

Tout le long du chemin, elle ne cessa de parler à Max pour le rassurer. Elle lui disait :

« C'est vrai que mes parents n'aiment pas les chats, mais ils seront bien obligés d'admettre que c'est un cas de force majeure ! Et puis je ne vais pas leur dire toute la vérité tout de suite. Je vais d'abord dire que c'est seulement pour deux jours, et au bout de deux jours, ils se seront déjà habitués à toi. Quant à mon frère Félix, il va sûrement me soutenir. Ne crains rien, Max, j'ai promis à Mme Fromentin de m'occuper de toi. Chose promise, chose due ! »

Mais quand elle arriva devant chez elle avec le panier dans les bras, elle avait les genoux qui tremblaient et le cœur qui battait plus fort que d'habitude. Et le ventre qui gargouillait !

Mini sonna et sa maman vint ouvrir. Lorsqu'elle vit le chat dans le panier, elle s'écria aussitôt :

« Mini, tu vas me rapporter immédiatement cet animal où tu l'as trouvé !

— Quel animal ? s'écria Félix en sortant de la cuisine.

— Quel animal ? » reprit en chœur mamie en surgissant du salon.

Mini fut soulagée en apercevant sa grand-mère, qui prit sans hésiter son parti :

« Quel joli petit chat ! Entre vite et raconte-nous pourquoi tu l'as ramené ici. »

La maman de Mini ne voulait même pas que le chat entre dans la maison mais Mini fit ce que lui disait sa grand-mère et entra dans le salon avec son panier dans les bras, suivie de mamie, maman et Félix.

Elle s'assit sur le canapé, fit sortir le chat du panier et l'installa sur ses genoux. Puis

elle commença son récit. Sa grand-mère ne tarda pas à avoir les larmes aux yeux, d'abord parce qu'elle avait de la peine pour Mme Fromentin, mais aussi parce qu'elle était très émue du « grand cœur » de sa petite-fille qui était si bonne avec les vieilles dames et avec les chats.

Hélas ! maman n'était nullement émue. Elle déclara :

« Tout ça est bien joli, mais nous ne sommes pas un refuge pour animaux en péril. »

Puis elle téléphona à papa à la banque, lui raconta que Mini avait ramené un chat à la maison et ajouta :

« Tu peux lui dire toi-même que ce n'est pas possible ! »

Et elle tendit le téléphone à Mini.

« Impossible, Mini ! Je ne veux pas voir cet animal à la maison quand je rentrerai ce soir. »

Mini rendit tristement le téléphone à sa mère.

« Mais c'est seulement pour deux ou trois jours, dit-elle.

— Tu rêves ! dit maman. On ne guérit pas d'une attaque en deux ou trois jours ! Et maintenant, mets ce chat dans le panier, nous allons le conduire à la SPA !

— C'est où ? demanda Félix.

— Nous allons le savoir tout de suite », répondit maman en feuilletant l'annuaire du téléphone.

À ce moment-là, mamie bondit sur ses pieds et s'écria :

« Comment pouvez-vous faire une chose pareille ? Vous n'avez donc pas de cœur ? Mon Dieu ! Je ne vous savais pas aussi insensible.

— Ne vous mêlez pas de cela, s'il vous plaît ! s'écria maman furieuse.

— Vous voulez peut-être m'interdire de parler ? lui lança mamie.

— Parfaitement ! rétorqua maman. Je ne suis plus une petite fille et je sais ce que j'ai à faire ! »

Tous ces cris firent tellement peur à Max qu'il se réfugia dans le panier. Et mamie attrapa sa veste sur le porte-manteau et l'enfila en sanglotant :

« Quand on n'a pas de cœur pour les bêtes, on n'en a pas non plus pour sa famille ! Je m'en vais et je ne remettrai plus jamais les pieds dans cette maison ! »

Puis elle se dirigea vers la porte en se mouchant bruyamment. D'un bond, Mini la rattrapa, son panier dans les bras, et lui demanda :

« Mamie, est-ce que nous pouvons venir nous installer chez toi ?

Toi et le chat ? » demanda mamie, si surprise qu'elle s'arrêta net de pleurer.

Mini secoua la tête de bas en haut.

« Tu parles sérieusement ? » demanda-t-elle encore.

Mini secoua de nouveau la tête. Elle ne plaisantait pas. Chez qui d'autre pouvait-elle aller s'installer avec son chat ?

« Mini, tu es complètement folle ! » s'écria Félix qui avait tout entendu.

Au regard que lui lança Félix, Mini sut tout de suite ce qu'il pensait.

Il pensait :

« Tu ne pourras jamais vivre chez mamie. Avec sa manie de l'ordre ! Et des bonnes manières ! Elle qui n'a aucun sens de l'humour et qui est toujours fâchée pour un rien ! Tu ne tiendrais même pas un week-end chez elle ! »

Et Mini pensait :

« Il a raison mais il faut que je tienne le coup quand même, pour Max ! »

Mamie dit à Mini :

« Moi je serais d'accord, mais tes parents ne voudront sûrement pas ! »

Mini regarda en direction de sa maman.

Celle-ci souriait, elle pensait la même chose que Félix !

« Tu veux bien, maman ? » demanda Mini.
Maman croisa les bras et lui répondit :
« Mais bien sûr ! »

Elle était persuadée que Mini ne tiendrait pas plus d'un jour chez sa grand-mère et qu'elle rentrerait le soir même à la maison. Au plus tard le lendemain matin. Peut-être pensait-elle aussi : « Ce chat restera chez mamie et le problème sera résolu ! Et Mini pourra le voir aussi souvent qu'elle voudra. »

Croulant sous le poids des paquets, Mini et sa mamie quittèrent la maison. Félix les

accompagna en portant l'ours de sa sœur et en poussant le landau de sa poupée.

« Je viendrai chercher le reste demain ! » lança Mini.

Le soir vint et Mini ne rentra pas chez elle. Ni le lendemain matin !

Elle revint seulement le lendemain soir, mais nullement dans l'intention de rester. Elle avait apporté le Caddie de sa grand-mère dans lequel elle entassa ses livres, son parapluie et son cactus. Papa lui demanda avec un sourire moqueur :

« Alors, cela se passe bien chez mamie ?

— Très bien, merci ! » répondit Mini.

Et maman lui demanda, légèrement vexée :

« Et tu t'amuses bien avec ta mamie ?

— Oui, merci ! » répondit Mini.

Félix lui chuchota à l'oreille :

« Mini, ils font semblant de prendre ça à la légère pour ne pas montrer qu'ils sont malheureux ! »

Et Mini répondit tout bas :

« Moi aussi je fais semblant. Je ne veux pas non plus leur montrer que je suis malheureuse ! »

Car Mini n'avait pas la vie très facile chez sa grand-mère !

Elle avait d'abord espéré pouvoir dormir dans le canapé du salon. Mais sa grand-mère avait refusé !

« Cela ferait trop de désordre le matin », lui avait-elle expliqué.

Mini avait donc dû dormir avec elle dans son grand lit.

Et la grand-mère ronflait comme une locomotive !

Au petit déjeuner, Mini devait boire du chocolat chaud, parce que c'est bon pour les enfants. Mais elle avait horreur du chocolat. Surtout avec de la peau ! Et il n'était pas question qu'elle regarde la télévision. Parce que la télévision, ce n'est pas bon non plus pour les enfants. Et au dîner, mamie expliquait toujours à Mini comment on doit se tenir à table. Avec les bras près du corps. Et pour qu'elle apprenne bien, mamie lui coinçait un livre sous chaque bras.

Mamie avait aussi rangé dans l'armoire les jouets que Mini avait apportés en disant :

« Je veux une maison en ordre ! Quand on ne joue pas avec, les jouets doivent être rangés. »

Mais avec le chat, mamie était absolument géniale. Il avait le droit de tout faire. Et pour Mini, c'était l'essentiel !

Sa grand-mère ne voulait pas non plus que Chloé vienne la voir.

Elle lui disait :

« Trouve-toi une amie mieux élevée ! »

Et Mini n'avait pas le droit d'aller jouer au parc :

« Tu vas te salir », disait mamie.

Cela faisait déjà trois jours que Mini habitait chez sa grand-mère et elle ne s'y habituait pas ! Ses parents lui manquaient terriblement, et Félix aussi !

La nuit, quand sa grand-mère commençait à ronfler, Mini se mettait la couverture sur la

tête et pleurait. Alors Max se glissait à côté d'elle et ronronnait, ce qui la consolait un peu. À l'école, à chaque récréation, Mini courait voir Félix et lui demandait des nouvelles des parents. Mais Félix ne pouvait pas lui dire grand-chose.

Il disait simplement :

« Maman est de mauvaise humeur. »

Ou bien :

« Papa grogne tout le temps ! »

Ou encore :

« Hier le dîner était trop salé ! »

Le quatrième jour, en sortant de l'école, Mini tomba sur Mlle Rosie qui lui annonça que Mme Fromentin était morte la veille.

Mini devint toute blanche. Pas seulement à cause de la vieille dame mais aussi parce qu'elle pensait : « Max ne pourra plus jamais rentrer chez lui ! Je vais devoir rester toute ma vie chez mamie ! »

Mais le soir, alors qu'elle était assise à table, un livre sous chaque bras, on sonna à la porte. C'étaient ses parents. En entrant, maman lui déclara :

« On préfère encore vivre avec un chat que sans notre Mini ! »

Et papa ajouta :

« De toute façon, si je gagne au loto, nous achèterons une maison avec un jardin. »

Alors mamie les embrassa tous les deux en disant :

« Je savais bien que vous aviez du cœur! »

Et Mini installa Max dans le panier et rentra à la maison avec ses parents.

Mamie eut juste le temps de leur crier :

« Pour la litière et le sable, vous me devez trente francs! »

Trois semaines ont passé depuis ce jour. Félix a l'air d'aimer beaucoup Max. Et Max aime aussi beaucoup maman. Dès qu'elle s'assoit, il lui saute sur les genoux. Maman fait semblant de trouver cela dégoûtant mais Mini voit bien que cela ne lui déplaît pas. Et quand elle pense que personne ne la regarde, maman le caresse... en cachette !

Papa s'est vraiment mis à jouer au loto. Il n'a pas encore gagné mais on sent bien qu'il peut tenir encore quelque temps dans l'appartement avec le chat. Sûr !

Hier, Max a sauté sur le lit de papa qui venait de se coucher. Comme Mini l'attrapait pour le faire descendre, papa lui a dit :

« Laisse donc ce pauvre animal. Je m'endors si bien quand il ronronne comme ça ! »

Mini détective

Hermine Dubois a six ans.

Son papa, sa maman et sa mamie l'appellent Mini.

Seul son frère Félix l'appelle la « grande perche » ou la « grande asperge ».

En effet, Mini est très grande et très mince.

Bien qu'elle ait deux ans de moins que Félix, elle est aussi grande que lui. Ce dernier considère qu'une petite sœur doit être vraiment plus petite que son frère !

Quand les gens demandent lequel des deux est l'aîné, Félix est toujours très vexé.

Mini, quant à elle, déteste qu'il la traite de « grande perche » ou d'« asperge ».

Ses parents ont beau lui répéter :

« N'y fais pas attention, il dit cela pour t'embêter mais au fond il t'adore ! »

Elle fait semblant de les croire mais, dans son for intérieur, elle pense que lorsqu'on aime quelqu'un, on se conduit plus gentiment !

Mini est toujours gentille avec son frère et il trouve cela normal !

Quand il a des problèmes, c'est toujours Mini qu'il vient voir.

Quand il doit emprunter de l'argent, c'est à elle qu'il demande en premier.

Quand il est triste, c'est auprès d'elle qu'il vient se faire consoler.

Quand il s'ennuie, Mini joue avec lui.

Quand il est trop paresseux pour beurrer ses tartines, Mini le fait pour lui.

Elle lui nettoie même ses tennis !

Chloé, la meilleure amie de Mini, lui dit toujours :

« À ta place, je ne serais pas si bête ! »

Même sa mamie la met en garde :

« Mini, tu es trop gentille avec Félix ! »

Mais Mini lui répond :

« C'est parce que je l'aime bien, voilà tout ! »

Mais la semaine dernière, quand Mini est tombée dans l'escalier de l'école, Félix a dépassé les bornes.

En glissant sur une pastille contre la toux qu'un enfant venait de recracher, Mini a dévalé tout l'escalier sur les fesses. Vingt-quatre marches exactement! En arrivant en bas, elle a fait une galipette et le contenu de son cartable s'est répandu par terre.

Tous les enfants ont eu très peur pour elle et se sont précipités pour lui demander si elle s'était fait mal. Ils l'ont aidée à se relever et à ramasser ses affaires d'école. Seul Félix est resté debout contre la porte et, en ricanant bêtement, il s'est exclamé :

« Attention! La grande perche va se casser en deux! »

Là, Bastien a secoué la tête et glissé discrètement à l'oreille de Yves :

« Il est vraiment écœurant! »

Mais Mini a entendu quand même. Elle a mis son cartable sur son dos et a lancé à Chloé :

« Maintenant ça suffit! Je ne lui parle plus, plus jamais! »

Et elle ne plaisantait pas!

Elle réussit à passer toute la soirée sans lui adresser la parole. Elle ne lui dit même pas bonsoir au moment d'aller se coucher.

Le lendemain matin, au petit déjeuner, quand Félix lui demanda de lui prêter un feutre rouge, Mini claironna en direction de sa mère :

« Tu veux bien avertir ton fils que je ne lui prêterai plus jamais rien ?

— Pourquoi est-ce que tu ne me parles plus ? s'écria Félix, tu délires ? »

Alors Mini se tourna vers sa mère et ajouta :

« Dis-lui aussi que, pour moi, il n'existe plus !

— Et pourquoi ça ? » hurla Félix, furieux.

Une fois de plus Mini, sans jeter le moindre regard à son frère, s'adressa à maman :

« Dis à ton fils qu'il doit bien savoir pourquoi ! À moins qu'il n'ait déjà des trous de mémoire ? »

À l'école, Mini, toute fière, raconta à Chloé qu'elle n'avait pas parlé une seule fois à son frère.

« Ce n'est pas trop tôt ! s'exclama Chloé satisfaite, mais il faut que tu tiennes le coup au moins une semaine si tu veux qu'il comprenne.

— C'est juré ! Je serai muette comme une carpe ! »

Mais trois heures plus tard, Mini devait rompre sa promesse.

À la récréation, en effet, Julien vint prévenir Mini :

« Ton frère a été emmené dans le bureau de la directrice. Il pleurait beaucoup ! »

D'un bond, Mini se précipita jusqu'au bureau de la directrice, colla son oreille contre la porte et entendit son frère qui sanglotait en affirmant :

« Ce n'est pas vrai ! Je ne l'ai pas volé ! »

Le cœur de Mini se mit à battre très fort. « Qu'a-t-il bien pu faire? se demanda-t-elle. Ce doit être grave pour qu'on l'envoie dans le bureau de la directrice! »

À ce moment-là, elle entendit la sonnerie qui annonçait la fin de la récréation mais, au lieu de remonter directement dans sa classe, elle passa par la classe de Félix. Il y avait encore un garçon et une fille dans le couloir.

« Pourquoi est-ce que Félix est chez la directrice?

— Parce que c'est un voleur! lança la fille.

— Il a volé un porte-monnaie! ajouta le garçon.

— Non! s'écria Mini, mon frère n'est pas un voleur!

— Si! rétorqua le garçon, il a été pris sur le fait! Nous l'avons tous vu! »

Et ils racontèrent à Mini ce qui s'était passé.

Pendant la récréation, Félix avait commencé à se bagarrer avec Oscar, bien que celui-ci soit le plus fort de la classe. Oscar avait attrapé

Félix, l'avait fait passer sur ses épaules et avait dit en riant qu'il allait le mettre dans la poubelle de la cour. Félix s'était débattu comme un beau diable et c'est à ce moment-là que le porte-monnaie était tombé de la poche intérieure de son blouson. Un enfant s'en était alors emparé, l'avait ouvert et avait dit en riant :

« Je vais enfin pouvoir me rembourser les dix francs qu'il me doit depuis la semaine dernière ! »

Et il avait ouvert de grands yeux en trouvant dans le porte-monnaie la carte scolaire d'un

certain Yves Laclé, puis une lettre pliée en quatre dans laquelle une certaine Pauline écrivait à Yves qu'elle le trouvait super-sympa, et enfin un billet de cinquante francs.

Sur ce, une institutrice s'était approchée et avait demandé à Félix pourquoi il avait sur lui un porte-monnaie qui ne lui appartenait pas. Félix avait été incapable de donner une réponse satisfaisante. Il s'était contenté de répéter qu'il n'avait jamais vu ce porte-monnaie et qu'il ne connaissait pas de Yves Laclé !

« Mais tout le monde a vu le porte-monnaie tomber de son blouson, affirma la fille.

— Cela veut dire qu'il l'a volé, renchérit le garçon, il n'y a pas d'autre explication possible ! »

Et les deux enfants tournèrent le dos à Mini et rentrèrent dans leur classe.

Mini resta seule dans le couloir, abasourdie. Elle retenait ses larmes. À ce moment-là, Chloé survint.

« Mais que fais-tu là ? La récréation est finie depuis longtemps et Mme Parel m'a envoyée te chercher », s'exclama-t-elle en tirant son amie par le bras.

Mini la suivit comme un automate.

« Qu'est-ce qui se passe? demanda Chloé doucement.

— Ils disent que Félix est un voleur!

— Et c'est vrai?

— Bien sûr que non, c'est impossible! s'écria Mini.

— Alors, cela va s'arranger », assura Chloé.

C'est aussi ce que dit Mme Parel lorsque Mini lui eut expliqué la raison de son retard.

En classe, Mini fut incapable de se concentrer. Bien qu'elle soit la meilleure de la classe en calcul, elle ne savait même plus combien font deux et deux ! Elle était bien trop inquiète.

À la sortie, Mini chercha vainement son frère des yeux.

« Tu sais où est Félix ? demanda-t-elle à un garçon de CE2.

— Non ! Peut-être que les gendarmes l'ont emmené au commissariat ! »

Mini partit chez elle en courant et arriva devant la porte à bout de souffle. Elle sonna et sa mère vint lui ouvrir.

« Ah, c'est toi Mini ! » soupira-t-elle.

À son air, Mini comprit tout de suite qu'elle était au courant.

« Où est Félix ? demanda aussitôt Mini.

— Dans sa chambre », répondit maman.

Mini respira. Les gendarmes ne l'avaient donc pas emmené.

« Cela s'est arrangé ? » s'enquit timidement Mini.

Sa mère secoua la tête en déclarant :

« Il refuse absolument d'avouer ce qu'il a fait. »

Mini se débarrassa de son blouson et de son cartable et, rouge de colère, demanda à sa mère :

« Parce que toi aussi tu prends Félix pour un voleur ?

— Il a peut-être trouvé le porte-monnaie, concéda maman en haussant les épaules, mais dans ce cas, il n'aurait pas dû le garder. En tout cas, c'est idiot de prétendre qu'il ne l'a jamais vu ! »

Mini monta dans la chambre de Félix.

Il était assis sur son lit, les yeux tout rouges et tout gonflés.

Mini s'assit à côté de lui.

« Laisse-moi tranquille, grogna Félix en se tournant vers le mur.

— Mais je te crois, moi! » assura Mini.

Félix se retourna vers sa sœur.

« Vraiment?

— Vraiment!

— Tu es la seule! s'écria Félix.

— Papa te croira sûrement aussi, affirma Mini.

— Tu parles ! gémit Félix, maman l'a appelé au bureau et il a dit que je ferais mieux d'avouer tout de suite la vérité ! »

Puis il se dressa sur son lit et se mit à donner des coups de poing dans son oreiller.

« Comment pourrais-je avouer quelque chose que je n'ai pas fait ? »

En le voyant, Mini eut la certitude qu'il disait la vérité. Elle le connaissait ! Quand il mentait,

il se tortillait, penchait la tête, plissait les yeux et regardait dans une autre direction.

Mini déclara :

« Nous devons découvrir comment ce porte-monnaie a atterri dans ton blouson. »

Félix se remit à boxer son oreiller en criant :

« Il n'était pas dans mon blouson ! Décidément, tu es aussi bornée que les autres ! »

Et il lança l'oreiller en direction de Mini qui se leva et sortit de la chambre.

Dans la cuisine, sa maman était assise à table.

« Viens déjeuner, lui dit-elle, sinon, tout va être froid ! »

Mini n'avait pas faim mais elle s'assit à sa place et mastiqua consciencieusement le contenu de son assiette.

« Tu ne pourrais pas le convaincre, toi, qu'il vaut mieux qu'il dise toute la vérité ? » s'enquit sa mère.

Mini repoussa son assiette.

« Mais il dit la vérité ! s'exclama-t-elle, ce qui est triste dans cette histoire, c'est que je sois la seule à m'en apercevoir ! »

Elle fit ses devoirs à toute vitesse et courut chez Chloé. Quand elle a un problème, Mini va voir Chloé qui est toujours de bon conseil. Et si

Chloé ne peut pas l'aider, il y a ses grandes sœurs qui finissent toujours par trouver une solution.

Mais cette fois elle eut bien du mal, parce que même Chloé et ses sœurs croyaient que Félix mentait.

« N'en fais pas une montagne ! lui dirent-elles, cela peut arriver dans n'importe quelle famille. »

Mini mit une heure à les convaincre qu'elles se trompaient.

« Tu as peut-être raison, finit par admettre Chloé.

— Et si quelqu'un avait glissé le porte-monnaie dans la poche du blouson de Félix? suggéra l'une de ses sœurs.

— Mais quel serait le motif? interrogea Chloé.

— Qu'est-ce que c'est un motif? demanda Mini.

— Un coupable a un motif, lui expliqua l'une des grandes sœurs, c'est ce qui le pousse à commettre son crime. »

Mini fronça les sourcils et se mit à réfléchir. Pour quelle raison quelqu'un aurait-il pu mettre ce porte-monnaie dans le blouson de Félix? Elle n'en trouva aucune.

Chloé se mit elle aussi à froncer les sourcils en se prenant la tête dans les mains d'un air très concentré.

Entre-temps, ses sœurs avaient quitté la pièce car le cas de Félix ne les intéressait que modérément.

Enfin Chloé releva la tête et Mini lui demanda :

« Tu as une idée?

— Si Félix n'a pas volé le porte-monnaie et si personne ne l'a mis dans sa poche de blouson, cela veut dire qu'il n'est pas tombé

de la poche de **son** blouson mais de celle d'Oscar. Dans la bagarre, les spectateurs ont très bien pu se tromper !

— Alors, ce serait Oscar le voleur ? suggéra Mini.

— C'est une possibilité », conclut Chloé.

Seulement il fallait d'abord le prouver. On n'accuse pas les gens sans preuves. Et avant tout, il fallait découvrir l'endroit où ce fameux Yves Laclé avait perdu son porte-monnaie. Un endroit où Félix n'avait peut-être jamais mis les pieds.

Ainsi, tout le monde serait bien obligé de reconnaître qu'il était innocent !

Chloé proposa d'aller demander à Yves Laclé en personne où il avait perdu son porte-monnaie. Mais comment se procurer son adresse ? Le mieux était que Mini aille la demander à la directrice de l'école.

À l'idée d'aller chez la directrice, Mini n'était pas fière.

« Si tu y allais, toi ? suggéra-t-elle à Chloé.

— Mais c'est ton frère ! » s'exclama Chloé.

Mini admit que ce n'était pas à Chloé de faire cette démarche, surtout qu'elle n'aimait pas particulièrement Félix.

Lorsque Mini rentra chez elle, son père était déjà là. Il était assis dans la salle à manger, en face de Félix qui, les bras croisés, fixait le

plafond. Devant lui, sur la table, il y avait une feuille de papier.

« Allez, dépêche-toi d'écrire ! » ordonna papa.

Mini s'assit près de Félix.

Papa avait l'air furieux. Mini posa la main sur l'épaule de son frère pour le soutenir. Elle sentit que cela lui faisait plaisir. Sinon, il l'aurait sûrement envoyée promener.

« J'ai avec ton frère une conversation sérieuse ! » avança papa.

Mini resta assise près de son frère et lui demanda :

« Qu'est-ce que tu dois écrire ?

— Je dois m'excuser auprès de Yves Laclé, déclara Félix en fixant de nouveau le plafond. Mais je ne le ferai pas parce que ce n'est pas moi qui ai volé le porte-monnaie ! »

Papa devint rouge de colère. Il se leva en criant que Félix resterait là jusqu'à ce qu'il ait écrit la lettre ! Même si cela devait durer une semaine !

De plus, il était privé d'argent de poche jusqu'à nouvel ordre !

Et papa sortit de la pièce en claquant la porte.

« C'est un mauvais rêve ! » murmura Félix en appuyant la tête sur l'épaule de sa sœur.

126

Mini songea avec soulagement : si Félix doit écrire une lettre à Yves Laclé, c'est que nous avons l'adresse. Plus besoin d'aller voir la directrice !

Elle chercha des yeux parmi les papiers qui se trouvaient sur la table et aperçut une feuille sur laquelle elle put lire : *Laclé, 43, rue du Château.*

Elle mit la feuille dans sa poche, passa la main sur la joue de son frère en disant :

« Ne t'inquiète pas, nous allons coincer le voleur, je suis sur deux pistes intéressantes ! »

C'est alors que Mini s'aperçut que la joue de Félix était brûlante.

« Maman ! s'écria-t-elle, Félix a de la fièvre, toute cette histoire l'a rendu malade. »

Maman et papa se précipitèrent dans la salle à manger. Maman alla chercher un thermomètre et prit la température de Félix. Il avait 39 de fièvre. Maman le raccompagna dans sa chambre, l'aida à se déshabiller et le consola :

« Ce n'est pas si grave que cela. Tu ne vas quand même pas t'en rendre malade ! »

Au cours du dîner, maman et papa se disputèrent un peu. Maman prétendit que la fièvre de Félix était d'origine nerveuse, que toute cette histoire l'avait bouleversé. Papa rétorqua que la fièvre n'avait rien à voir avec les nerfs, qu'il devait couver la rougeole. Il y avait actuellement une épidémie de rougeole, les deux enfants de sa secrétaire l'avaient déjà attrapée.

Mini lança à son père un coup d'œil furieux :

« Moi aussi, si on me traitait aussi injustement, je tomberais sûrement malade !

— Ne sois pas aussi têtue, rétorqua papa d'un ton sec, ce porte-monnaie se trouvait bien dans la poche du blouson de Félix, cela ne fait pas l'ombre d'un doute ! »

Le lendemain matin, Félix avait encore de la fièvre. Avant de partir à l'école, Mini passa la tête dans sa chambre. Elle voulait lui parler de ses soupçons à l'égard d'Oscar et des démarches qu'elle allait entreprendre auprès de Yves Laclé pour découvrir où on lui avait volé son porte-monnaie. Mais Félix était si abattu qu'il ne tourna même pas la tête vers Mini. Elle ressortit sur la pointe des pieds.

Sur le chemin de l'école, elle vit Chloé courir au-devant d'elle.

« Nous allons filer Oscar ! annonça-t-elle fièrement.

— Nous allons quoi ? demanda Mini.

— Le suivre discrètement », expliqua Chloé.

Elle raconta que sa mère avait lu dans le journal que dans le bus n° 5, il y avait eu des vols en série. Or, Oscar prenait ce bus tous les jours pour venir à l'école. C'était sûrement lui l'auteur des vols ! Il suffisait donc de le suivre dans le bus et, si on arrivait à le prendre sur le fait, l'innocence de Félix serait pratiquement prouvée !

« Mais qu'allons-nous dire à nos parents pour partir plus tôt et rentrer plus tard à la maison ? » demanda Mini.

Chloé avait tout prévu.

« Nous dirons qu'il y a des répétitions pour le concert de l'école, le matin et le soir !

— Je ne sais pas bien mentir ! objecta Mini.

— Pour Félix, tu y arriveras sûrement ! » assura Chloé.

Mini n'osa pas la contredire. Pourtant, en matière de mensonges, elle était absolument nulle. Chaque fois qu'elle essayait de raconter des histoires à sa mère, celle-ci s'en apercevait immédiatement.

Mini avait encore une objection : Oscar les connaissait, il allait se demander pourquoi elles prenaient son bus tous les jours !

« Nous allons nous déguiser ! » répondit Chloé d'un air malicieux.

Le lendemain matin, à sept heures trente, Mini quitta la maison. Sa mère ne s'était doutée de rien. Elle avait à peine écouté quand Mini avait marmonné qu'il y avait des répétitions pour le concert de l'école. Maman s'occupait de Félix dont l'état de santé l'inquiétait.

Mini se mit en route. Pour aller jusque chez Oscar, il y avait deux stations d'autobus. Mini fit le trajet à pied. Lorsqu'elle arriva devant l'arrêt d'autobus où montait Oscar, elle aperçut Chloé qui lui faisait des signes, cachée sous le porche d'une maison.

« Te voilà enfin ! s'écria-t-elle. Vite, Oscar ne va pas tarder à arriver ! »

Elle sortit d'un grand sac en plastique deux cagoules en laine, deux paires de lunettes de soleil et deux grandes écharpes rayées.

« Dépêche-toi ! dit-elle à Mini, nous allons le rater ! »

Quelques minutes plus tard, Mini et Chloé se dirigèrent vers l'arrêt de l'autobus. Elles étaient méconnaissables! Oscar, qui était arrivé entre-temps, ne leur prêta aucune attention. Il feuilletait une bande dessinée et ne remarqua même pas le drôle d'accoutrement des filles qui étaient derrière lui!

L'autobus arriva et Mini et Chloé montèrent derrière Oscar qui se précipita sur la première banquette libre et se replongea aussitôt dans sa lecture.

Il ne releva les yeux qu'au moment de descendre, suivi des deux fillettes qui coururent sous un porche pour enlever leur déguisement avant d'entrer à l'école.

« Il ne faut pas s'attendre à ce que cela marche du premier coup. Quand on file quelqu'un, il faut de la patience! » assura Chloé devant l'air déçu de son amie.

Elles n'eurent pas plus de succès après l'école. Oscar prit le bus avec un copain et passa le trajet à lui expliquer que pour remporter les compétitions de natation, il faut savoir nager le crawl.

Même échec le lendemain! Oscar fit le trajet avec un baladeur sur les oreilles. Il écoutait sa musique, les yeux mi-clos, et faillit oublier de descendre.

Une dame regarda Mini puis Chloé et leur demanda :

« Vous vous croyez en plein hiver, emmitouflées comme cela? Il doit faire à peu près vingt degrés à l'ombre ! »

Le troisième jour, Oscar arriva légèrement en retard à l'arrêt de bus. Il s'appuya contre la poubelle et sortit un croissant de sa poche. À côté de lui, il y avait une vieille dame qui avait l'air très myope. Elle fouilla dans son porte-monnaie dont elle tira un ticket d'autobus. Elle ne remarqua pas qu'elle avait laissé tomber un billet de cent francs par terre. Oscar, lui, s'en aperçut aussitôt. Sans hésiter, il se pencha et ramassa le billet.

« Vous avez perdu quelque chose, madame ! » dit-il à la vieille dame en lui tendant le billet.

Elle le remercia et voulut lui donner quelques pièces, mais Oscar refusa énergiquement :

« Merci beaucoup, madame, il n'en est pas question ! »

En voyant cela, Mini enleva sa cagoule, son écharpe et ses lunettes en déclarant :

« Une chose est sûre : Oscar n'est pas un voleur !

— Nous allons donc nous lancer sur la piste numéro deux. Nous tenterons de découvrir l'endroit où Yves Laclé a perdu son porte-monnaie, décréta Chloé.

— Et si cela ne donne rien ? demanda Mini.

— Alors là, je ne sais pas ce qu'on fera »,
admit Chloé en se débarrassant de son déguisement.

À ce moment-là, Oscar se retourna et s'écria
en voyant Mini :

« Mini ! qu'est-ce que tu fais là ?

— Je... heu !... c'est-à-dire, bafouilla Mini.

— Nous avions des courses à faire dans
cette droguerie », répondit Chloé en lui mon-
trant un magasin du doigt.

Puis Mini et Chloé montèrent dans l'autobus
avec Oscar.

« Comment va Félix ? demanda-t-il à Mini.

— Il est très malade ! fit-elle.

— Il a 43 de fièvre », ajouta Chloé.

C'était très exagéré bien sûr. En fait, il n'avait plus que 37,8.

« Tous les enfants de la classe disent qu'il ne vient pas à l'école parce qu'il n'ose plus se montrer !

— Ce sont des idiots, rétorqua aussitôt Mini, vous croyez peut-être que l'on peut se provoquer de la fièvre comme cela ?

— Il n'a rien volé, surenchérit Chloé, il n'a aucune raison de ne pas aller à l'école. »

Mini était très contente que Chloé prenne la défense de son frère.

Devant l'école, Chloé dit à Mini :

« Va voir la directrice et demande-lui l'adresse de Yves Laclé.

— Il y a longtemps que je l'ai, coupa Mini en tirant la feuille de papier de sa poche.

— *Rue du Château...*, lut Chloé en se grattant le front, ce n'est pas loin d'ici. »

Et comme Yves Laclé n'allait pas à l'école de la place des Lilas, il allait sûrement à celle de la rue des Abeilles.

« Nous nous dépêcherons d'y filer à la sortie de l'école ! suggéra Chloé.

— Mais nous ne l'avons jamais vu ! Comment allons-nous faire, se désola Mini.

— Nous n'aurons qu'à demander !

— À qui ?

— Oh ! soupira Chloé, tu vois toujours des problèmes où il n'y en a pas ! Nous demanderons aux enfants qui sortent et nous finirons bien par en trouver un qui le connaît !

— Espérons ! » ajouta Mini à voix basse.

À la sortie de l'école, elles coururent jusqu'à l'école de la rue des Abeilles.

Elles ne tardèrent pas à trouver un enfant qui leur montra Yves Laclé du doigt :

« Le petit gros, là-bas ! »

Les deux fillettes se précipitèrent derrière le petit gros qui attendait au feu rouge.

« Nous avons une question à te poser ! commença Mini.

— Quand et où t'a-t-on volé ton porte-monnaie ? continua Chloé.

— On me l'a rapporté, répondit le garçon. Si vous en avez trouvé un, ce n'est pas le mien.

— Dis-nous quand même où c'était, insista Chloé.

— C'était lundi, sûrement chez le dentiste. »

En entendant sa réponse, Mini sentit son cœur battre plus vite et ses genoux se mirent à trembler.

« Quel dentiste? demanda-t-elle d'une voix hésitante.

— Chez monsieur Duval, répondit Yves Laclé. Encore des questions?

— Non, merci, marmonna Mini.

— Alors, salut ! » leur lança-t-il en s'éloignant.

Chloé se tourna vers Mini et lui demanda, surprise :

« Qu'est-ce que tu as ? Tu es toute pâle !

— Lundi, Félix est allé chez le dentiste !

— Chez Duval ? »

Sans répondre, Mini lui fit signe que oui.

« Eh bien, s'écria Chloé, nous pouvons laisser tomber, je regrette ! »

Elle passa le bras autour de la taille de Mini et ajouta :

« Tu n'as plus qu'à rentrer chez toi et aller dire à Félix qu'il est idiot. »

Mini resta silencieuse. Elle avait envie de pleurer.

« Alors, les répétitions se sont bien passées ? » demanda sa mère quand elle arriva à la maison.

Mini ne se sentait pas le courage de mentir plus longtemps. Elle tomba dans les bras de sa maman en lui avouant toute la vérité. Après avoir écouté son récit, Mme Dubois passa la main dans les cheveux de sa fille et lui déclara :

« Ce n'est pas grave, je ne t'en veux pas de ce petit mensonge. J'ai moi-même du mal à croire que Félix soit un voleur ! »

Elle pria Mini de raconter à Félix tout ce qu'elle avait appris.

« Peut-être que cela l'aidera à admettre qu'il est inutile de nier l'évidence. »

Félix était allongé sur le dos dans son lit, les yeux fermés.

« Tu vas mieux ? demanda Mini timidement.

— Alors, tes deux pistes ? » fit-il aussitôt.

Mini s'assit près de son frère. Il lui faisait de la peine, même si c'était un voleur. Elle avait bien du mal à lui raconter le résultat de son enquête.

Tout en réfléchissant à la manière dont elle allait s'y prendre, elle jeta un œil sur le bureau de Félix. Devant le bureau il y avait une chaise et, sur le dossier de la chaise, il y avait le blouson en jean de Félix.

« Félix, s'exclama-t-elle soudain, la manche droite de ton blouson est déchirée !

— Et alors ! Qu'est-ce que ça peut te faire ? Je ne m'en suis même pas aperçu !

— Mais la grande tache d'encre que tu avais dans le dos a disparu ! poursuivit Mini, tout excitée. Félix, ce n'est pas ton blouson ! »

Félix se redressa d'un bond et regarda Mini sans comprendre.

« À qui veux-tu qu'il soit ?

— Réfléchis bien, insista Mini, est-ce que tu portais ce blouson lundi, quand tu es allé chez le dentiste ?

— Bien sûr !

143

— Et tu l'as gardé sur toi tout le temps?

— Non, je l'ai accroché au portemanteau.

— Il n'y avait pas un autre garçon dans la salle d'attente? s'enquit Mini.

— Si, un petit gros, je crois! répondit Félix.

— Son blouson était-il aussi au porte-manteau?

— Je n'en sais rien, il était déjà là lorsque je suis arrivé et quand il est parti, je n'ai pas regardé », affirma Félix.

Mini prit le blouson de son frère et le lança en l'air en criant :

« Maman! Maman! Viens vite! C'est le blouson d'Yves Laclé! Cet idiot, en sortant de chez le dentiste, a enfilé ton blouson à la place du sien. Et toi, tu as mis le sien avec le porte-monnaie à l'intérieur! »

Une heure plus tard, Félix n'avait plus de fièvre!

Maman appela papa au bureau pour lui annoncer la nouvelle et lui faire remarquer que la fièvre de Félix était bien d'origine nerveuse! Papa la pria de dire à Félix qu'il s'excusait de ne pas l'avoir cru et à Mini qu'il était très fier d'avoir une fille aussi intel-ligente.

Le soir, toute la famille se rendit chez Yves Laclé. Quelle ne fut pas la surprise des parents du jeune garçon en apprenant le fin mot de l'histoire ! Yves expliqua à Félix :

« J'avais bien remarqué que mon blouson était un peu petit mais j'ai pensé que j'avais encore grossi ! »

Le lendemain, Chloé dit à Mini :

« De nous deux, le meilleur détective, c'est bien toi ! »

Mini en rosit de satisfaction ! Mais son plus grand plaisir fut lorsque Félix l'embrassa sur la joue en lui murmurant dans le creux de l'oreille :

« Tu as été épatante. Je suis fier d'avoir une sœur comme toi. »

ACHEVÉ D'IMPRIMER EN NOVEMBRE 1999
SUR LES PRESSES DE L'IMPRIMERIE HÉRISSEY
POUR LE COMPTE DE FRANCE LOISIRS
123, BOULEVARD DE GRENELLE, PARIS

Dépôt légal : novembre 1999
N° d'imprimeur : 85520 – N° d'éditeur : 32604
Imprimé en France

Cet ouvrage a été composé
par CMB Graphic
à Saint-Herblain